VENTE DU VENDREDI 5 NOVEMBRE 1909

HOTEL DROUOT, SALLE N° 11

À 2 HEURES

OBJETS D'ART

ET

D'AMEUBLEMENT

Porcelaines de Chine — Faïences

BOIS SCULPTÉS — OBJETS VARIÉS

MEUBLES

<table>
<tr><td>COMMISSAIRE-PRISEUR
Mᶜ HENRI BAUDOIN
Successeur de M. PAUL CHEVALLIER
10, rue Grange-Batelière</td><td>EXPERTS
MM. MANNHEIM
7, rue Saint-Georges
PARIS</td></tr>
</table>

EXPOSITION PUBLIQUE

Le Jeudi 4 Novembre 1909, de 1 h. 1/2 à 5 h. 1/2

CONDITIONS DE LA VENTE

Elle sera faite au comptant.

Les adjudicataires paieront *dix pour cent* en sus des enchères.

Paris. — Imp. de l'Art, Ch. BERGER, 41, rue de la Victoire.

DÉSIGNATION

PORCELAINES ET FAIENCES

1 — Bouquet de fleurs en porcelaine.

2 — Tasse avec soucoupe, fond vert; œillère en
porcelaine et petit verre à pied gravé.

3 — Confiturier et tasse en porcelaine, et petite
jardinière ovale en faïence.

4 — Assiette en faïence de Wedgwood.

5 — Pot à lait et deux coquetiers, porcelaine
dure, décor de bleuets.

6 — Sept carreaux variés d'ancienne faïence
orientale.

7 — Quatre assiettes : fleurs et oiseaux. Ancienne porcelaine de Chine.

8 — Petit vase : fleurs et oiseaux. Même porcelaine.

9 — Deux assiettes, décor doré. Ancienne
faïence blanche.

10 — Tasse et soucoupe à personnages en ancienne porcelaine de Chine.

11 — Trois pots de toilette avec deux couvercles : fleurs en bleu. Ancienne porcelaine tendre française.

12 — Cinq assiettes en ancienne porcelaine de Chine : fleurs ou personnages.

13 — Autre, Japon : arbuste en fleurs.

14 — Six tasses avec soucoupes, décor de fleurs en bleu. Ancienne porcelaine de Chine.

15 — Beurrier avec un couvercle, décor de fleurs en couleurs et dorure. Ancienne faïence de Delft.

16 — Trois potiches avec couvercles et deux cornets en ancienne faïence de Delft : oiseaux et chiens, rocailles et fleurs en relief.

17 — Deux petites potiches et un cornet en ancienne faïence de Delft : personnages et rocailles en bleu.

18 — Potiche avec couvercle et cornet en ancienne faïence hollandaise : fleurs et feuilles en bleu.

19 — Deux groupes de deux personnages en porcelaine de Derby : le Coiffeur et la Cireuse de chaussures.

20 — Petit vase-rouleau, décor bleu. Porcelaine genre Chine.

21 — Pot en ancienne porcelaine de Chine, époque Kien-lung ; réserves à fleurs sur fond capucin.

22 — Deux petits pots avec couvercles en ancienne porcelaine de Chine, époque Kienlung : réserves de fleurs sur fond capucin.

23 — Potiche en ancienne porcelaine de Chine : Fong-Hoang et menus rinceaux.

24 — Flacon de Kalian, même porcelaine : traces de décor doré sur fond bleu.

25 — Pot avec couvercle, même porcelaine : rosaces en dorure sur fond bleu.

26 — Deux petits plats : fleurs au fond, guirlandes au marli : Même porcelaine.

27 — Quatre plats variés, même porcelaine : arbustes et fleurs en bleu.

28 — Six assiettes creuses, même porcelaine : paysages maritimes en bleu.

29 — Quatre compotiers, même porcelaine : fleurettes dans des compartiments.

3o — Compotier, même porcelaine : fleurs et oiseaux au fond.

31 — Trois assiettes en ancienne porcelaine de Chine, époque Kien-lung : fleurs et rinceaux.

32 — Deux vases : ustensiles en bleu sur fond vert. Porcelaine de Chine.

33 — Trois pots en porcelaine de Chine : paysages en bleu.

34 — Pot avec couvercle : fleurs en couleurs sur fond vert. Chine.

35 — Petite potiche en porcelaine de Chine : fleurs et lambrequins en couleurs.

36 — Plat : armoiries et rinceaux en bleu sur fond vert clair. Porcelaine de Chine.

37 — Bas-relief en faïence : la Vierge aux sept douleurs.

OBJETS VARIÉS

38 — Groupe en bois sculpté avec traces de peinture : la Vierge portant l'Enfant Jésus. Fin du xvie siècle.

39 — Statuette-applique en bois sculpté : Saint personnage debout. xvie siècle.

40 — Statuette-applique, à mi-corps : Évêque. Fin du xvie siècle.

41 — Statuette-applique en bois sculpté de personnage debout sur un cul-de-lampe. Fin du xvie siècle.

42 — Statuette-applique en bois sculpté : Personnage debout en armure, un lion couché à ses pieds. xvie siècle.

43 — Petite statuette-applique en bois sculpté : Évêque vu à mi-corps. Fin du xvie siècle.

44 — Statuette-applique en bois sculpté et peint : Apôtre debout tenant un livre. Fin du xvie siècle.

45 — Statuette-applique en bois sculpté et peint : Sainte femme debout; à ses pieds, une donatrice. Fin du xvie siècle.

46 — Statuette-applique en bois sculpté et peint :
Évêque debout. Fin du xvie siècle.

47 — Statuette en bois sculpté : Sainte Barbe
debout. xviie siècle.

48 — Statuette en pierre sculptée : Saint Fursy.
Travail Picard. Fin du xvie siècle.

49 — Christ en ivoire du xviiie siècle, dans un
cadre en bois sculpté.

50 — Quatre verres à pied.

51 — Hochet en argent.

52 — Quatre pièces de monnaie d'argent à l'effi-
gie de Louis XV.

53 — Tableau chinois dans un cadre en bois
doré.

54 — Fragment en bois sculpté de statuette
équestre du xvie siècle.

55 — Sept panneaux variés en bois sculpté, à
fenestrages, losanges, bustes, etc. xvie siècle.

56 — Cadre en bois revêtu d'une feuille d'argent
estampé, à motifs Renaissance.

57 — Petit carnet à reliure de nacre.

58 — Petite boîte en carton. Empire.

59 — Boîte en racine. Empire.

60 — Quatre pièces : netzuké en ivoire, intaille en sardoine, cachet Empire en or et lapis, et broche ornée de strass.

61 — Cartel porte-montre en acajou.

62 — Boîte en carton avec gravure. Époque Restauration.

63 — Montre en argent à répétition.

64 — Coffret en marqueterie genre Boulle.

65 — Coffret en racine.

66 — Médaillon : Buste d'homme, en plâtre.

67 — Gravure : Pont sur la Tamise.

68 — Paysage. Signé : *Régnier 1826.*

69 — Portrait de femme. Dessin signé : *Thiboust 1807.*

70 — Peinture ovale : Saint François, dans un cadre en bois doré du xviie siècle.

71 — Portrait de femme. Toile ovale, cadre en bois doré. xviie siècle.

72 — Cadre ovale en bois doré. xviie siècle.

73-74 — Dix-neuf volumes variés.

75 — Pince à bûches en fer, à poignées de bronze du temps de Louis XV.

76 — Cinq mouchoirs, linon brodé et dentelle.

77 — Bonnet et plusieurs coupes de dentelles variées.

78 — Lot de dentelles blanches variées.

79 — Montre à double boîtier en or repoussé du temps de Louis XV.

80 — Montre à double boîtier en argent repoussé du temps de Louis XV.

81 — Éventail : sujet galant dans un paysage ; monture d'ivoire doré. Époque Louis XVI.

82 — Trois éventails variés à personnages.

83 à 85 — Trois éventails du XVIIIe siècle.

86 — Seau en bois et cuivre. Travail hollandais.

87 — Deux flacons en verre gravé ; cols munis de deux anses.

88 — Six petits verres à pieds en verre gravé.

89 — Médaillon en terre cuite, par NINI : Franklin.

90 — Trois divinités de l'Extrême-Orient.

91 — Bas-relief en cire : le Mariage de la Vierge.

92 — Nécessaire en galuchat, ustensiles en écaille. XVIIIe siècle.

93 — Miniature sur vélin : **Saint en prières.**

94 — Petite tête de femme en albâtre.

95 — Petit rocher en ivoire du Japon.

96 — Modèle de pont articulé, monté sur roues.

97 — Petit bureau en argent.

98 — Modèle de maison en argent.

99 — Petit panier de fleurs en filigrane d'argent.

100 — Bas-relief en biscuit, cadre en argent.

101 — Boîte ronde en argent gravé.

102 — Porte-allumettes, forme tête d'éléphant, en argent. (*Vente Judic.*)

103 — Lot de bijoux orientaux en métal.

104 — Deux ceintures variées en argent.

105 — Ceinture en argent à personnages.

106 — Double agrafe orientale émaillée en métal.

107 — Médaille en cuivre, émaillé bleu.

108 — Vingt-quatre boutons de corsage en agate.

109 — Deux cuvettes de montres en jaspe.

110 — Étui en jaspe et cuivre. Époque Louis XV.

111 — Agrafe de ceinture, ornée de trois camées agate; monture en argent doré.

112 — Épingle de coiffure, à triple cuilleron, argent.

113 — Bas-relief en argent repoussé : le Christ au jardin des Oliviers. Italie, xvie siècle.

114 — Médaillon émaillé sur or : l'Assomption ; au revers, saint Jean-Baptiste. Époque Louis XIII.

115 — Miniature : Portrait d'homme et petit cadre ovale en or.

116 — Poignée d'épée en argent ciselé Louis XV.

117 — Quatre cuillers, argent.

118 — Médaillon, argent gravé : le Portement de croix. Espagne, xvie siècle. (*Vente Schevitch.*)

119 — Petite boîte en argent niellé.

120 — Deux chenets en bronze doré, du temps de Louis XVI, modelé à vases, guirlandes, draperies et mufles de lions.

121 — Pendule en bronze doré et marbre, à mouvement supporté par deux griffons. Cadran signé : *Pichon, à Paris.* Fin du xviiie siècle.

MEUBLES

122 — Bergère en bois sculpté Louis XV, en partie recouverte de velours rouge gothique.

123 — Fauteuil d'enfant en bois sculpté et peint blanc, du temps de Louis XVI.

124 — Meuble à deux portes et deux tiroirs, décor de moulures. xviiie siècle.

125 — Trois fauteuils Louis XV en bois sculpté, couverts en étoffe.

126 — Douze chaises Louis XVI cannées.

127 — Canapé et six chaises cannées.

128 — Siège à X en bois sculpté. Travail italien.

129 — Console en bois sculpté et doré, à rocailles et fleurs. Dessus de marbre.

130 — Glace dans un cadre en bois sculpté, peint et doré. Fin du XVIIIe siècle.

131 — Trois fauteuil variés en acajou, velours et drap rouge.

132 — Fauteuil à haut dossier en bois sculpté garni, mais non couvert.

133 — Quatre chaises légères en bois sculpté, dossier à balustres et draperies. Fin du XVIIIe siècle.

134 — Table à volets plaquée d'acajou, contenant deux tiroirs ; galerie de cuivre. Fin du XVIIIe siècle.

135 — Glace dans un cadre en bois et pâte dorés, à petites feuilles et mascarons.

136 — Glace dans un cadre en bois doré, à feuilles et rang de perles.

137 — Coffre burgauté du Tonkin.